AF244336

8° Z
16175

HENRI MARSAC

—:—

ENQUÊTE

sur la

LITTÉRATURE

(3 mars — 14 mai 1902)

—:—

Émile Blémont, Jules Mazé,
Auguste Barran, André Girodie, Alexandre Boulique,
Jean-René Aubert, Charles Le Goffic,
Madeleine Lépille,
Louis de Saint-Jacques, Alphonse Ponroy,
Ernest Delahaye, Vte de Colleville, Henry de Braisne,
Paul Gourmand,
Émile Lante, Albert Thomas, Gustave Hays,
Jeanne France,
Pierre de Bouchaud, Fernand Clergel.

—:—

PARIS 6^e
BIBLIOTHÈQUE DE L'ASSOCIATION
13, Boulevard Montparnasse.

DU MÊME AUTEUR

La Voix de Dieu, poème en prose 0. 50
Le Triomphe de la République, poème   0. 50

(à la même Bibliothèque).

Henri Marsan

—:—

ENQUÊTE

sur la

LITTÉRATURE

(3 mars — 14 mai 1902)

—:—

Émile Blémont, Jules Mazé,
Auguste Barrau, André Girodie, Alexandre Boutique,
Jean-René Aubert, Charles Le Goffic,
Madeleine Lépine,
Louis de Saint-Jacques, Alphonse Ponroy,
Ernest Delahaye, Vte de Colleville, Henry de Braisne,
Paul Gourmand,
Émile Lante, Albert Thomas, Gustave Hays,
Jeanne France,
Pierre de Bouchaud, Fernand Clerget.

—:—

PARIS 6ᵉ
BIBLIOTHÈQUE DE L'ASSOCIATION
13, Boulevard Montparnasse.

BIBLIOTHÈQUE NATIONALE R.F. IMPRIMÉS.

Paul GOURMAND,

Hommage fraternel,

H. M.

Enquête sur la Littérature

———❖———

Paris, 3 mars 1902.

Les fêtes du centenaire de Victor Hugo sont terminées. Depuis sa mort, en 1885, et surtout depuis un autre centenaire qui passa presque inaperçu, celui de Lamartine, en 1890, de nombreuses tentatives de groupements littéraires ont été faites : la plupart ont présenté des idées intéressantes, et toutes révélèrent de bonnes volontés, mais aucune n'a donné à la littérature un nouveau et grand mouvement digne de ses anciennes manifestations. On peut dire que le superbe essor du Romantisme, continuant l'œuvre française de la Renaissance, du Siècle de Louis XIV et du XVIIIe Siècle, n'est pas encore remplacé, — ou, si l'on préfère, qu'il s'est continué, sous des noms différents, jusqu'à nos jours.

Notre temps est-il propice à une nouvelle floraison littéraire? — Y a-t-il, dans les tentatives faites depuis quinze ou vingt ans, des indications pouvant servir aux nouveaux auteurs? — Quelle devrait être la littérature du XXᵉ Siècle?

Voilà des questions que se posent aujourd'hui tous les jeunes auteurs soucieux de nos destinées littéraires, et désirant choisir une voie définitive, la bonne, qui ne leur causera pas d'amères déceptions après de trop brefs triomphes.

La France scolaire publiera les réponses dans l'ordre de réception, en un numéro spécial. Les adresser à M. Henri Marsac, secrétaire du Comité, 13, boulevard Montparnasse, Paris 6ᵉ.

PRÉAMBULE NÉCESSAIRE

Les littérateurs d'hier ne peuvent se plaindre d'avoir été négligés: de nombreuses revues reçurent leurs confidences et révélèrent leurs projets, les écoles et les personnalités s'affirmèrent en des recueils biographiques et des numéros exceptionnels dont l'addition est longue, la presse même publia leurs manifestes... et leurs dénigrements respectifs. Parmi tant de questionnaires auxquels chacun s'empressa de répondre, deux furent très remarqués et vivent encore dans les souvenirs des jeunes auteurs: en mars-juillet 1891, Jules Huret fit, à l'*Écho de Paris*, une *Enquête sur l'Évolution littéraire*; en 1894, Georges Docquois organisa un *Congrès des Poètes*. Avec Huret, on discuta sur des formules. Avec Docquois, on vota sur des noms. Mais ces formules étant *évolutives*, qui pourrait les faire revivre aujourd'hui? Mais les écrivains-drapeaux étant éteints, sur quels noms un *congrès* poétique se déciderait-il encore à voter?

L'évolution est finie. Ceux qui y présidaient se sont tus.

Celle-là fut clamée, et ceux-ci furent acclamés, dans ces deux enquêtes qui resteront des documents importants de cette transition littéraire. Était-il nécessaire d'y revenir? Restait-il des opinions à connaître? Oui. Dans l'enquête de Huret, les écoles, les idées spéciales occupent le premier plan, *et la littérature ne tient que le deuxième*; dans le congrès de Docquois, les noms, les personnalités occupent le premier plan, *et la littérature ne tient que le deuxième.*

Il restait à s'informer sur la littérature même, sur son état à la suite de tant d'efforts contradictoires (en apparence: car, si l'on veut bien me suivre dans les études que j'ajouterai bientôt à cette enquête, les contradictions parfois méprisantes, souvent courageuses, de tous ces jeunes lettrés, apparaîtront comme autant d'aspects variés d'un bloc unique).

Les écoles vont-elles étouffer définitivement l'art, ou ceci va-t-il tuer cela? Existe-t-il une voie de salut pour la littérature?

Voilà, en somme, ce que j'ai demandé à une centaine de personnes: poètes, prosateurs, critiques, et même certains lecteurs, - choisis parmi les nouveaux, ou parmi ceux d'hier qui n'ont pas tout dit et peuvent encore prendre part à une renaissance littéraire.

H. M.

Réponses

Émile Blémont. — Notre temps, que caractérise une si libre activité de l'esprit humain dans tous les sens, me semble particulièrement propice à une nouvelle floraison littéraire; il en prépare, il en amasse les éléments. Dès que les forces éparses seront réunies dans un large courant par une généreuse passion, le printemps sacré s'épanouira.

Depuis vingt ans, les jeunes Écoles s'attachent surtout aux questions de forme; on aurait tort de s'y attarder. Les anciennes lois littéraires ne subsistent plus qu'à titre d'indications expérimentales et de conseils aux débutants. Toutes les entraves sont abolies. Qu'on marche donc en avant vers le prochain idéal !

Jules Mazé. — Vous me décochez très aimablement trois points d'interrogation sous lesquels il est terriblement difficile de mettre quelque chose.

Je veux essayer pourtant.

1°. Notre temps, demandez-vous, est-il propice à une nouvelle floraison littéraire? — Eh! mon Dieu, pourquoi pas? Certes, l'on rime trop, et l'ivraie fait le plus grand tort au bon grain; mais enfin l'on peut espérer que les épis sains — dont quelques-uns, çà et là, réussissent à se dresser vers l'azur — finiront par se faire jour en masse.

2° Y a-t-il, dans les tentatives faites depuis quinze ou vingt ans, des indications pouvant servir aux nouveaux auteurs? — Je ne crois pas, et le débutant qui cherche une orientation de ce côté me fait penser malgré moi au marin qui demanderait son chemin à une boussole affolée. Et puis, à quoi bon chercher? Chacun doit suivre son inspiration, consulter ses goûts, et non ceux des autres.

3° Quelle devrait être la littérature du xx° siècle? — La littérature est ondoyante et diverse, et bien fol serait celui qui voudrait la régenter. Ce qu'elle devrait être? — Je n'en sais rien. Ce qu'elle sera? — Nous en reparlerons dans quatre-vingt-dix-huit ans.

Auguste Barrau. — Les floraisons littéraires auxquelles nous assistons depuis une vingtaine d'années sont des produits de serres surchauffées et non des plantes de pleine terre.

Donc, tant que durera ce mode de culture intensive, nous ne verrons point l'éclosion de la fleur de poésie et de prose si impatiemment attendue des vrais artistes.

Ce que devrait être la littérature du XXᵉ siècle? Tout simplement la narration exacte de la *Vie* dans ses manifestations physiques et psychiques les plus complètes évoluant en les ambiances des milieux les plus divers. En somme, un naturisme débarrassé de toutes les réminiscences inutiles du passé mythologique et exprimé dans une langue claire et sonore où la musique des mots envelopperait la *pensée* et l'*action* de sensations adéquates.

André Girodie. — N'étant pas homme de lettres, mais écrivain d'art, je ne puis que vous exprimer les vœux que je fais pour la littérature de demain. A mon avis, je crois que notre époque est propice à une nouvelle floraison littéraire. Par littérature, j'entends, non le métier d'écrivain que nous infligent ceux des héritiers de Balzac qui ne cultivent pas la pornographie, mais *l'art d'exprimer une pensée utile* à l'aide de notre langue, selon les lois de son tempérament et les exigences de son époque.

Malheureusement, dans la plupart des tentatives

littéraires faites depuis quinze ou vingt années, il s'agit surtout de mise en scène de la personnalité de l'Écrivain, de l'apologie de ses manies, de ses goûts, d'un savoir universel qui lui fait souvent défaut, de l'orgueil énorme et ridicule qu'il conçoit de son rôle dans l'État. Flaubert lui-même n'y échappa guère, j'en prends à témoin son *Éducation sentimentale*.

Si les hommes de lettres voulaient couper court à cette énervante et stérile autolitanie, s'ils consentaient à tourner leurs regards vers l'idéal du xxe siècle, peut-être y verraient-ils deux sources d'inspiration dignes d'eux : *la religion et le socialisme*.

En étudiant l'œuvre des humanistes de la Renaissance, des classiques du xviie siècle et des romantiques du xixe siècle, on observe que le rôle du sentiment religieux y fut essentiel. Il y a quelques années, l'étude de ce sentiment religieux nous vint en aide, et, bien que détournée de sa véritable vocation au profit d'enquêtes sur l'École d'Alexandrie ou sur certaines erreurs médiévales, elle détermina la place que réserverait à la religion le xxe siècle. Ce n'est pas le Dieu complaisant des humanistes, ni le Dieu fatal des classiques, ni le Dieu décoratif des romantiques, ce n'est aucune de ces conceptions de la divinité qui doit inquiéter la littérature du xxe siècle. C'est le Dieu organisateur de l'harmonie et du bien-être social.

En souhaitant à la littérature de demain le double rôle de rénovatrice de l'idéal religieux et d'instauratrice de l'idéal social, je n'entends aucunement l'astreindre à l'ironie de M. Anatole France ou à la pitié sympathique de MM. Rosny et méprisante de M. Paul Adam. Moins encore, je souhaite pour elle les bavardages inutiles de M. Sienkewicz ou la science aimable de M. de Wiezewa et farouche de M. J.-K. Huysmans. Quelques esprits sont déjà entrés dans le xxe siècle littéraire que je rêve: M. René Bazin, avec les *Oberlé*, et M. Leroux-Cesbron, avec *l'Étrangère*. Il serait facile d'en citer d'autres.

Alexandre Boutique. — De même que le temps de Napoléon Ier appartenait trop à la guerre, celui que nous traversons est trop exclusivement accaparé par la révolution: il ne peut être propice à une nouvelle floraison littéraire.

Nous avons, croyons-le, plus d'un Baour-Lormian, poètes du vers ou de la prose destinés à l'oubli et ne devant d'être écoutés qu'à ce qu'ils ont compris qu'il faut, à l'heure actuelle, hurler plutôt que chanter. Encore ne suffisait-il pas de le comprendre, il fallait s'y résigner.

Ce ne peuvent être les demi-dieux que sont les purs poètes, qui acceptent d'assumer la hideur du faciès contracté et la truculence des cris rauques, pour nous apparaître sous les traits de la Vocifération vomissant la haine. C'est là une mission dévolue aux hommes d'action et non aux hommes de rêve; cela relève du nécessaire objectif des réalisations immédiates et non point de l'abstrait et de l'idéal.

Notre temps est surtout favorable aux œuvres de démolition; et il semble que les Lettres aient tourné contre elles-mêmes cette fureur destructive.

Trop d'écoles poétiques, depuis quinze ou vingt ans, se sont montrées jalouses de « briser le vers » bien plutôt que d'en renouveler l'application par une pensée neuve — ou rénovée, car *nihil sub sole...*

Trop de prosateurs se sont contentés, pardonnez le mot, de l'*esbrouffe* du style, confondant grossièreté avec liberté, incorrection avec hardiesse néologique, pathos scholastique et lourdeur allemande avec esprit philosophique. Là encore, sauf la part faite aux légitimes revendications prolétariennes, beaucoup de vide.

Comme la guerre, la lutte de classes, guerre elle-même, stérilise le sol où fleuriraient les arts si elle ne le foulait de ses dragonnades.

Il y a une quinzaine d'années, je risquai, en en souriant moi-même comme d'un paradoxe, cette opinion : « Dans un siècle ou deux, les fureteurs en quête du poète représentant le mieux l'état des esprits à la fin du xix⁰ siècle, rejetteront tour à tour symbolistes, décadents, romans et autres précieux diseurs de futilités ou de riens; ils trouveront Pottier et s'en tiendront là. Toute l'amertume, l'âpreté, la douleur et la haine, et les vastes espoirs de notre temps, — tout cela est dans ce chansonnier prolétarien. Mais, dam! c'est de facture inférieure, et d'inspiration purement terre-à-terre. La Poésie, se reposant de cinquante ans de fécondité, reste pour un temps en jachère. »

Le chant de Pottier (l'une de ses plus faibles pièces) substitué à "la Marseillaise" dans les milieux agités et aux heures de trouble, voilà qui me donne — momentanément! — raison.

Vienne l'établissement définitif de la justice sociale ou simplement une période d'apaisement supprimer ou suspendre la lutte de classes, et tout cela ne sera plus que cendre historique.

Mais quand? Et quelle orientation suivre?

Pour mon compte, en face du XXe siècle, j'inclinerais vers l'Ordre et la Bonté, nullement incompatibles avec le régime actuel et qu'il ne laissera pas la nation demander à un autre régime.

Sûrement, le pessimisme et le genre « rosse » sont condamnés à disparaître, quand ce ne serait qu'en vertu du mouvement oscillatoire qui balance éternellement l'esprit humain de droite à gauche, de gauche à droite.

Opinion, de ma part, et non jugement; je plains les critiques d'avoir à prononcer des arrêts. Et s'il est une chose dont je doute plus encore que de mes évaluations littéraires, c'est de ma faculté prophétique. Qui vivra verra.

Jean-René Aubert. — Je crois que le but de la littérature est d'améliorer les hommes. — (Beaucoup d'écrivains «depuis une vingtaine d'années» y contribuèrent, en tous sens et de toutes façons). — Toutes les époques sont donc propices à une «nouvelle floraison».

La tâche qui semble s'imposer à la littérature, aujourd'hui, est l'éducation morale de *toutes* les classes de notre société vulgaire, basse et ignorante, — tâche périlleuse et ardue, pleine de sacrifices et d'abnégation, qui nécessitera des héros.

Sa destinée me paraît être de hâter l'avènement de temps meilleurs où l'art, en harmonie, entrera enfin dans la pure sérénité du rêve et de la beauté.

Charles Le Goffic. — Je suis assez gêné pour répondre à votre questionnaire:

Toutes les époques sont «propices à de nouvelles floraisons littéraires». — Dans les tentatives de ces quinze ou vingt dernières années, il y eut bien de l'anarchie, du chaos. On commence seulement d'y voir un peu clair. L'ordre ne règne pas encore à Varsovie: mais qu'on sente déjà la nécessité de l'ordre, voilà qui est une indication précieuse. En somme, voyez-vous, c'est le vieux principe leibnitzien qui a raison : *Natura non facit saltus.* Le déterminisme règne en littérature comme en toutes choses. Et c'est pourquoi il est vain de rechercher ce que devra être la littérature du xx⁰ siècle : nos goûts personnels, nos inclinations n'y peuvent rien. Avis aux « jeunes auteurs » qui cherchent le vent.

Madeleine Lépine. — Toute époque est propice à l'éclosion de nobles et généreux talents. Ni l'indifférence du public, ni l'hostilité des médiocres, ni la haine des pires, ni le dédain des gloires officielles, gloires si souvent éphémères, ni les âpres soucis de l'existence, rien ne peut détourner de sa voie une nature supérieure.

Les haines, les colères, les mépris, les insultes, et ses propres douleurs lui feront concevoir l'œuvre vivante, vigoureuse, hardie et pathétique qui demeure.

Soyons vrais, et connaissant notre cœur, apprenons aux autres à se connaître. Éclairons la conscience ténébreuse de ceux qui végètent dans une déplorable ignorance du monde et d'eux-mêmes.

Soyons dignes ; l'intelligence ne nous a pas été donnée pour l'abaisser devant les dons inférieurs.

N'attachons point une importance exagérée à la richesse, à la puissance, qui sombrent alors qu'on les croit les mieux établies. Ne nous prosternons point ignoblement aux pieds du veau d'or.

Soyons audacieux pour attaquer les turpitudes et les préjugés fortement enracinés; soyons intrépides pour défendre ce qui est digne de notre vénération.

Justes et généreux, souvenons-nous que nous sommes faillibles, et ramenons dans la bonne voie ceux qui, cédant à de pernicieuses influences, s'en sont écartés pour errer dans des lieux sans fraîcheur.

Soyons humains et compatissants, tous les hommes sont frères, et le front obscur du dernier des êtres s'éclaire parfois d'un reflet divin.

Souffrons des douleurs de nos semblables, et trouvons-y un prompt remède.

Soyons le bœuf patient qui, en prévision des moissons fécondes, accepte d'aider les humbles travaux du laboureur.

Soyons le lion superbe qui fait rentrer dans leurs repaires le vice et le mensonge, ces hyènes et ces chacals terrifiés au seul souvenir de son formidable rugissement.

Soyons l'aigle ardent qui s'élevant au-dessus des montagnes, médite l'œil fixé sur la face glorieuse du soleil.

Ressemblons à ces célestes visiteurs, qui apportaient sous la tente des patriarches des paroles de paix et d'amour.

Soyons religieux, nous serons vrais; soyons chrétiens, nous serons grands.

Louis de Saint-Jacques. — Toute époque a eu, a, ou aura sa littérature particulière, plus ou moins abondante, et belle plus ou moins, selon que l'époque même y a prêté, y prête, ou y prêtera. On doit donc admettre que notre temps, comme ceux qui le précédèrent et ceux qui le suivront, est propice à une floraison littéraire, que ces fleurs soient des roses, des orchidées ou des pissenlits. Les tentatives faites depuis quinze ou vingt ans fourniront nécessairement des indications aux auteurs nouveaux, soit qu'ils veulent par tempérament agir dans le même sens, ou que, par tempérament encore, ils préfèrent réagir en un sens opposé. Il n'y a qu'à les laisser faire, et l'on ne saurait, en réalité, prévoir qu'une seule chose: c'est qu'il y aura toujours, ainsi qu'il y en a eu déjà, des écrivains de génie, d'autres médiocres et, entre ces deux espèces, d'autres de talent plus ou moins grand. Voilà qui est très vague sans doute; mais voilà seulement qui pouvait être dit en toute certitude. L'histoire de la littérature ne nous enseigne pas autre chose, et tout esprit sérieusement logique se bornera dans ses prédictions, s'il lui est demandé d'être prophète, à maintenir cet enseignement.

Alphonse Ponroy. — J'ai horreur des Écoles; je

ne connais qu'une chose en art: la liberté. Soyez ce que vous voudrez, pourvu que vous me donniez une sensation artistique: je n'en demande pas davantage.

Ernest Delahaye. — Notre temps est-il propice à une nouvelle floraison littéraire?

Plus qu'aucune autre époque. La nation française est plus instruite qu'au temps du Romantisme, et le nombre est plus grand des esprits sensibles à l'influence de l'art. Le public est "prêt" plus qu'il ne l'a jamais été.

Pour les littérateurs, c'est une autre affaire. Et, à ce point de vue, il y a certainement dans les tentatives faites depuis quinze ou vingt ans des indications pouvant servir aux nouveaux auteurs. A mon sens, les voici:

Une littérature "précieuse", une littérature de "plaqué", qui ne s'adresse qu'à la curiosité puérile des oisifs, — une littérature qui refuse de prendre le flambeau que lui passe celle qui s'en va, — une littérature qui prétend tout mépriser, pour tout remplacer, ne représente qu'un faux et stérile mouvement des esprits. De jolies ennuyées et des blasés neurasthéniques le trouvent intéressant une minute, et puis cherchent d'autres excitants, — et c'est fini.

On l'a vu. J'espère qu'on profitera de l'expérience.

La tradition littéraire que vous indiquez, celle qui s'étend de Villon à Verlaine, qui comprend la Renaissance, les deux grands Siècles, et le Romantisme avec son prolongement naturel le Parnasse, était la tradition logique, la vraie.

Ce qui constitue la puissance d'action des contemporains de Victor Hugo, c'est d'avoir compris que la *forme* n'est pas une reine mais une servante, et que la reine c'est l'*idée*.

C'est d'avoir compris aussi que la littérature moderne doit être "altruiste", prendre des sentiments de la foule les meilleurs et les lui rendre si richement parés que la foule s'y attache avec un nouvel amour.

C'est d'avoir eu cette "jugeotte", d'ailleurs élémentaire, que si l'artiste méprise les autres gens, il en sera dédaigné à son tour et que son œuvre tombera dans le rien du tout.

La littérature du xxe siècle doit donc se tourner vers l'humanité; son but sera le bien-être et la bonté des hommes. Car le temps est désormais compté qui reste à l'exploitation des "sensations rares", et le moment approche où les "belles madames" auront de tels soucis pécuniaires qu'elles oublieront totalement de dresser des listes d'"esthètes" pour l'ornement de leurs "five o'clock".

Vicomte de Colleville. — Il est faux de dire que les écrivains et les artistes préparent leur temps! La littérature patriotique de l'Allemagne et de l'Italie ne précéda point, mais suivit le sentiment général en ces deux pays.

Ainsi que l'art, la littérature est la *résultante* d'une époque. Le Siècle de Louis XIV produit naturellement Corneille, Bossuet, et aussi Lebrun. Louis XV enfante la poésie érotique, Boucher et Fragonard, et Zola répond parfaitement à la moyenne matérialiste bourgeoise et pornographique de notre troisième république.

Donc, les écrivains tels que nous, égarés dans un temps qui n'est pas le leur, sans contact avec la foule, doivent forcément se taire et attendre, — car c'est surtout en art que sévit le suffrage universel, c'est à dire le nombre, l'acheteur!

La littérature de demain ne saurait être que la continuation du naturalisme avec tendances humanitaires, socialistes et antimilitaristes: l'ornière où se traînera la France!

Ensuite, tout ayant été dit, il n'y aura plus de place que pour un art éclectique.

Après Michel-Ange, de Caravage et son naturalisme, quand toute originalité est devenue impossible, l'art italien devient éclectique. L'école de Bologne réunit la grâce du Corrège, la piété Ombrienne, le dessin de Florence et la couleur Vénitienne: le Dominiquin, le Guide, les Carrache produisent des œuvres *suprêmes* qui pour *beaucoup* sont les plus savoureuses de l'art italien. Mais après eux c'est la nuit, les éclectiques sont des monstres aux cerveaux encyclopédiques qui n'ont point de descendants.

Ainsi sans doute, sur le fumier de notre décadence internationaliste, naîtra une dernière fleur d'une beauté incomparable, réunissant toutes les grâces et tous les parfums, fleur éphémère qui ne pourra se reproduire.

Henry de Braisne. — Je connais l'École Libriste, Symboliste, Romane, Française, Néo-romantique, Naturiste, Synthétique, voire même Brainiste, une qui, au moins, ne nie pas les bienfaits apportés à la littérature moderne par les tenants du pur symbole. Laquelle de ces Écoles révélera l'auteur acclamé et entraînant les jeunes? Celle qui, suffisamment vivifiée par les souffles nouveaux, sera restée davantage fidèle aux lois souveraines du style et de la composition.

Toutes les époques sont propices à de nouvelles floraisons littéraires. Pour que les fleurs naissent, il suffit de parfaits jardiniers. D'un sol ingrat ils font un terrain friable; ils remplacent la pluie absente par des arrosages fréquents et savamment dosés; ils interrogent le ciel et respectent ses indications. C'est dire que les tentatives de ces quinze dernières années peuvent servir aux plus récents écrivains.

Paul Gourmand. — Vous me posez trois questions; je vais y répondre de mon mieux, et dans l'ordre des demandes.

1° Notre temps est-il propice à une nouvelle floraison littéraire?

Oui et non. Oui, si les écrivains, les penseurs, les artistes, les philosophes, les poètes, les savants, en un mot si les pasteurs d'hommes, les représentants de l'intellectualité sous toutes ses formes, voulaient mettre un terme à leurs querelles d'écoles, à leurs jalousies mesquines, et s'unir en phalange serrée pour créer la religion nouvelle de l'humanité basée sur le Vrai, le Beau et le Bien. Il se produirait alors un mouvement d'enthousiasme magnifique qui forcerait dans leurs derniers retranchements, l'égoïsme, la laideur, le mensonge et l'ignorance, et sur les bases d'une société nouvelle, élèverait l'édifice de l'art de demain. — Non, parce que la veulerie actuelle étouffe toute initiative généreuse; parce que la plupart de ceux qui écrivent, poètes, romanciers, penseurs, sociologues, ne sont pas des *convaincus. J'en ai des preuves,* et je pourrais citer tel grand écrivain, tel bas-bleu bien connu qui prêchent la bienfaisance, qui réclament certaines œuvres éducatrices de la jeunesse, et qui, quand l'occasion se présente de mettre leur conduite d'accord avec leurs écrits, maintiennent le silence du Sphinx. Ce que j'en pourrais démasquer, de ces maîtres qui posent pour la galerie et jouent habilement un rôle qu'ils se sont donné la mission de créer! Acteurs de talent, oui, hommes convaincus, jamais; or, c'est là conviction qui produit les grandes œuvres; les Romantiques étaient des convaincus. D'ailleurs, pour réveiller ce peuple endormi qui sur ses sacs d'or, qui sur le fumier des bouges, il faudrait la trompette de l'Archange. Qu'il se lève, celui d'entre nous qui se sent de taille à l'emboucher!

2º Y a-t-il dans les tentatives faites depuis quinze ou vingt ans des indications pouvant servir aux nouveaux auteurs?

L'œuvre accomplie depuis vingt ans peut se résumer à l'affranchissement du verbe. Au poète on a laissé entière liberté de forme et d'expression, et nous avons vu éclore des productions écrites dans une langue obscure, incompréhensible, et d'après une prosodie dont le rythme échappe à mon oreille. Cette tentative de bouleversement aboutira inévitablement, comme l'a fait le romantisme, à une réaction: sans doute quelques-unes des réformes sont bonnes et elles subsisteront, mais le reste!... Le poète d'aujourd'hui, maître d'une forme plus libre, pourra varier davantage l'expression de ses idées; quant au prosateur, il

remerciera ses devanciers d'avoir occis le pédagogue
académique, et de lui permettre enfin de créer des
mots nouveaux quand ces mots manquent au vocabu-
laire, sans avoir à redouter les foudres du dictionnaire.

3° Quelle devrait être la littérature du xx° siècle?

A la fois artistique, scientifique et sociale. — La
littérature de nos jours se traîne dans la fange des
adultères, des névropathes, des sadistes, des pédé-
rastes, et de tout ce qui sent le fumier ou le lupanar.
Le théâtre aussi bien que le roman ressasse depuis
vingt ans les mêmes inepties. Or, si une réaction ne
se produit pas, on verra dans quelques années les
filles nues danser sur la scène; puis à la folie de
l'impudicité, se joindra bientôt la soif érotique du
sang, et nous arriverons aux combats de gladiateurs
ou à des spectacles plus dégoûtants encore que la
pudeur me défend de décrire. — Mais, si l'on réagit
contre les instincts morbides de la décadence, en
créant une pensée tournée vers l'idéal, alors l'art de
demain sera à la fois scientifique et social. On a cru
longtemps qu'art et science étaient opposés: c'est une
grande erreur; le poète de l'avenir sera doublé d'un
penseur. Alors il chantera en un verbe magnifique,
parce qu'il sera génial, les grandes découvertes de
l'humanité: son imagination déchirera le voile qui
cache les secrets de la nature; le poète et l'artiste
seront les prêtres inspirés de l'humanité agitant dans
les ténèbres de l'inconnu leur torche prophétique qui
éclairera la route vers le mieux. Le théâtre et le roman

deviendront, l'un, la tribune des revendications des peuples et la plateforme éducatrice des masses, l'autre, le miroir de la vie soit passée, soit actuelle, soit future. On verra alors agir sur la scène, ou discuter dans les livres, non plus des fantoches ou des névrosés, mais des hommes et des femmes ayant existé, existant, ou devant exister, et le drame redeviendra ce que son nom indique. Mais j'ai bien peur que l'Idée reste enveloppée dans son écharpe de nuées, et que l'humanité chargée de vices et de tas d'or ne finisse dans la boue sanglante des arènes en criant *panem et circenses!*

Faisons un effort, s'il en est temps encore; mais qu'on se hâte, car la race est bien bas.

Émile Lante. — Nous pataugeons en un tel bourbier de pornographies que, fatalement, une réaction s'opérera: le brave public sera bientôt dégoûté de ces livresques niaiseries toujours semblables; on oubliera aussi dans les tiroirs les berquinades antiques mille fois ressassées et qui ne sont que des prétextes à illustrations prétendues voluptueuses; l'analyste des adultères élégants, le fabricant d'aimables puérilités, le désabusé qui voit tout en rosse, l'hystérique conteur d'illusoires aventures qu'aggrave un style néocanaque, tous ces gens-là ne feront bientôt plus d'argent, espérons-le. Le véritable Écrivain, le Penseur fécond, prédestiné, attendu, sera celui qui *vivra* le plus, qui fixera dans ses pages puissamment tumultueuses toutes les nobles passions humaines en ce qu'elles ont d'intangible et d'ondoyant; il regardera le Monde, *le vrai*, le Monde énorme, brutal, magnifique, poignant ou exubérant de joie saine, perpétuellement en gestation, empreint de poésie toujours neuve puisque rien n'est stationnaire; il tentera d'en traduire la formidable épopée; il dira ce qui l'a fait frissonner aux heures d'émotion collective comme aux suaves moments d'intimité où les mots élus qui consolent et rendent plus doux germent dans l'âme... Aucune époque ne fut aussi favorable à la formation de tels Héros que les temps modernes et ceux à venir.

Pour ce qui concerne la poésie, on a délaissé fort heureusement les fantaisistes jeux d'acrobates qui brisèrent l'échine à tant de littérateurs dits décadents; d'autre part, il serait débilitant en même temps que ridicule de vouloir reprendre la formule désormais stérile du vieux vers parnassien *qui a donné tout ce qu'il pouvait*, le temps est loin des rimes millionnairement sonores, un hiatus ne fait plus rougir aucune oreille, si littérairement pudibonde qu'elle soit, personne n'ose encore s'irriter devant un singulier rimant avec un pluriel (je fais naturellement abstraction de quelques grincheux rétrogrades). Ici, comme dans beaucoup de choses, il y a un juste milieu qu'il est sensé d'adopter; nos aînés péchèrent par excès de prudence ou se rendirent grotesques par leur révolutionnarisme outré; sachons profiter de leurs recherches: *l'avenir est au vers modérément libéré*, que la plupart des poètes actuels (M. Abadie, R. d'Avril, St G. de Bouhélier, P. Briquel, Delbousquet, J. Gasquet, F. Gregh, C. Guérin, A. Lebey, S.-Ch. Leconte, A. et M. Magre, A. Mockel, E. Raynaud, A. Segard, j'en oublie...) ont d'ailleurs adopté et qui fait sans cesse de nouveaux adeptes, surtout depuis l'énergique mouvement de l'École française qui, encouragée par des hommes de haute sagesse comme Émile Faguet, a définitivement fixé cette nouvelle forme, de l'École française où j'ai la pure joie de combattre auprès de mes bons amis Poinsot, Normandy, Boschot, et où nous entraînons à notre suite une foule d'ardents dont on sait le talent: Blanguernon, de Bouchaud, Cigalier, Cubélier, Digeaux, Guerre, Lacuzon, Le Sage, Levengard, Méré, Payen, Perrée, Plémeur, Randau, Rivet, Rouquès, Tallet, etc.,

Albert Thomas. — Quelques mots pour répondre à votre enquête. — Notre temps est-il propice a la poésie? — Il faut bien le croire, puisqu'on n'a jamais vu pareille floraison de poètes. Délicats, ingénieux, pleins de profondeur ou de grâce, les rimeurs, semble-t-il, possèdent tous les dons. Ils n'intéressent guère le public cependant. C'est qu'ils ne s'adressent guère à lui, qu'ils se complaisent à de simples jeux de rythmes et de rimes, ou chantent, égoïstement, leurs joies, leurs douleurs, la subtilité de leurs états d'âme. — L'exemple à suivre? — Ne le demandons pas aux parnassiens, le fétichisme du métier leur a fait négliger presque toujours les émotions largement humaines, ne le demandons ni à Mallarmé qui voulut dérober au vulgaire, sous l'obscurité de ses poèmes, les trésors d'un rare esprit, ni à Verlaine qui sut moduler seulement la plainte de son faible cœur. Nos regards doivent aller plus loin et plus haut, jusqu'au grand Aïeul, jusqu'au Maître. Aussi bien, Victor Hugo domine le xixe siècle, il dresse sur le seuil du xxe la silhouette colossale d'un conducteur d'humanité. Ses chants célébrèrent l'action, et l'action naîtra de ses chants. Selon nos talents, selon nos forces, suivons la leçon qui jaillit de son apothéose. Délaissons les "Templa Serena", abandonnons les "Tours d'ivoire"; pour nous mêler à la bataille du monde, pour encourager les combattants et sonner le triomphe, descendons résolument dans la Vie!

Gustave Hays. — Je compare la Littérature française à une femme qui, après avoir brillé par tous les charmes et toutes les splendeurs, a perdu ses derniers attraits, et ne sait même plus, autour de son corps fatigué, draper des haillons ramassés le plus souvent dans la fange du ruisseau.

Au siècle des Corneille, des Racine, des Fénelon et des Bossuet, vous aviez, Madame, la majesté d'une déesse; au XVIIIe, des hommes d'esprit badin, d'humeur railleuse, firent de vous une piquante soubrette, une fiancée de Figaro; au siècle fécond de Chateaubriand, de Vigny, de Lamartine, plus séduisante que l'antique Circé, vous fûtes cette Velléda au sourire singulièrement doux et spirituel, cette Éloa penchée sur un nuage argenté et recueillant dans son âme compatissante les confidences de l'éternel malheureux...

Hélas ! qu'êtes-vous devenue?

Délices de mon âme, vous avez cohabité avec un si grand nombre de vilains messieurs qui n'avaient qu'un but: gagner de l'argent, gagner de l'argent, et encore de l'argent! Vous avez, pour plaire à des malotrus, absorbé tant de bocks, de vermouths, d'absinthes, vous avez aspiré tant d'impures bouffées de tabac, vous avez écouté tant d'insanités, de malpropretés et de sottises que vous êtes devenue l'exécration des honnêtes gens. Pauvre Littérature, vous êtes crottée des pieds à la tête! Madame, à la rivière! prenez un bain complet, mais n'allez pas le prendre dans les immondices de la Seine.

Vous voilà, maintenant, propre et nette, avec un
clair visage que les moindres émotions colorent d'une
exquise et fugitive rougeur. D'un air modeste, vous
nous jurez que vous fuirez désormais la société des
vicieux et des ivrognes. Fort bien, Madame, mais
gardez-vous aussi de celle des précieux, des grimaciers, des endormants. Ne soyez ni une poupée cou-
verte de fausses pierreries, ni une vieille prude,
contemporaine d'Anne de Bretagne, aux cheveux
maladroitement tirés. Il vous est permis de secouer
une jolie tête bouclée, comme celle de ces beaux anges
italiens qui sont la joie des connaisseurs:

« Souvent, un beau désordre est un effet de l'art .. »

Point de fard, Madame, aucun de ces falbalas dont
on rira demain. Songez que vous devez plaire dans
cent ans et plus; et non seulement aux Parisiens de
tel ou tel quartier, mais à tous les habitants du globe,
à tous ceux qui sont dignes du nom d'humains.
Choisissez donc pour votre parure ce qui est simple
et beau, de couleur harmonique et de goût assuré.
Quand vous baiserez le front d'un romancier, ne lui
suggérez pas de nous décrire minutieusement de coû-
teuses fanfreluches, ou les exhalaisons de l'étable;
quand un poète vous serrera sur son cœur, ne l'incitez
pas à faire de vous une bacchante. Rappelez-vous
sans cesse vos anciens adorateurs, ceux dont le nom
impérissable sera prononcé avec amour jusqu'aux
derniers âges du monde. Ah! Madame, le cœur

qui se souvient des chants sublimes, ne peut avoir
que du mépris pour les petits vaudevilles bien parisiens... Être appelée boulevardière serait encore plus
injurieux pour vous que d'être traitée de provinciale
rétrograde. Songez-y, et sortez de l'ombre qui vous
étreint, Littérature humiliée. Apportez-nous des
corbeilles de fruits et de fleurs; brillez, resplendissez,
tantôt dans un manteau de pourpre sous les généreuses clartés du soleil, tantôt aux pâles rayons de
la lune, dans ces gazes virginales dont s'enveloppent
nos premières illusions.

Jeanne France. — Ma réponse sera brève, et
nette:

Oui, certainement, notre temps, comme tous les
temps d'ailleurs, sauf les époques de guerre et de
révolution, est parfaitement propice à une nouvelle
floraison littéraire.

Presque tout me paraît bon à guider les nouveaux
auteurs, de ce qui a paru précédemment; ils n'ont
qu'à bien choisir leur premier guide, selon leurs
idées et leur tempérament. Et puis, le plus tôt possible, s'ils sont vraiment doués, voler de leurs propres
ailes.

La littérature du xxᵉ siècle n'a pas à se renfermer dans un cadre étroit. Elle peut et doit tout embrasser. Seulement, si elle s'efforçait de moraliser et de faire réfléchir, ce serait fort utile, vu nos mœurs actuelles.

Pierre de Bouchaud. — On peut dire que depuis vingt-cinq ans notre littérature s'est totalement renouvelée. Cela s'est fait sans direction générale aucune. Il n'y eut ni révolution intellectuelle, ni poussée d'opinions unanimes concourant à la formation des nouvelles doctrines. Et je suis convaincu que, de longues années encore, le même fait se reproduira. La cause ou la faute — comme on voudra — en est à l'individualisme qui règne dans les Lettres, et qui n'est pas près de s'éteindre. Les grands mouvements intellectuels et féconds dont Chateaubriand, Lamartine et Hugo furent les promoteurs et qui avaient donné naissance à tant d'idées nouvelles, de théories généreuses et quelquefois paradoxales mais belles, néanmoins, s'étaient ralentis ou épuisés. Les générations littéraires qui suivirent s'approprièrent les restes des courants; les partagèrent et les utilisèrent. Chacun en alimenta son propre moulin. Chacun fit découler dés idées ancestrales, dont les effets étaient réduits à néant, toutes les conséquences secondaires possibles. Or, je ne sache pas que rien ait changé à cet égard.

C'est toujours là même floraison partielle, toujours la même auto-création, toujours l'identique égo-culture. On continue et on continuera de puiser dans les grandes doctrines des cent dernières années les éléments suffisants à l'inspiration particulière, conformes aux goûts spéciaux d'une clientèle à conserver. Dès lors, — et pour cause, — les uns penchent vers la démocratie; les autres vers le romantisme qui, quoiqu'on prétende, n'est pas mort et ne mourra jamais puisqu'il est, sous son nom d'emprunt, comme l'effusion enthousiaste et l'en-dehors du caractère latin; d'autres enfin se servent de Voltaire pour rénover leurs idées et rééditent aux générations ignorantes et nouvelles les belles phrases de l'Encyclopédie oubliée.

Le même fait se produisit au XVIᵉ siècle. Les courants moraux de cette époque devinrent soit le platonisme catholique d'un d'Urfé, soit l'athéisme à gaudrioles d'un Saint-Amand, soit le naturalisme burlesque d'un Cyrano de Bergerac ou la pédagogie poétique d'un Malherbe. S'il en est ainsi de nos jours, c'est à l'individualisme qu'on doit s'en prendre. On avait vu au temps de Louis XIV une semblable période durer près de 40 ans. De nos jours elle durera davantage encore, parce que, dans la France, de plus en plus divisée, morcelée, hachée par la politique aux multiples ramifications, nul groupement général autour d'une idée, littéraire au autre, ne sera possible d'ici à longtemps. Tout auteur prend pour centre de l'univers sa propre nature, circonscrit volontairement son talent personnel, se restreint à l'étude des seuls caractères dont il est l'inventeur ou l'observateur. Et chaque écrivain dénie au voisin le talent, la puissance et l'originalité.

On conçoit la conséquence de cet état de choses; Désireux avec exagération de fuir les terres labourées et de trouver un coin du monde, même très exigu, dont ils soient les Améric Vespuce, tous les littérateurs se détourneront, je crois, de la vie, pour se vouer à l'étude exclusive du petit groupe où ils exercent leurs explorations et leurs sondages. On n'abordera plus la nature humaine générale; on n'entrera plus dans l'âme humaine; on ne peindra plus des tableaux qui en donnent une large image. Et c'est le cas de rééditer ici le mot de Voltaire sur Marivaux: on ne recherchera pas la grande route du cœur; on en suivra simplement les sentiers de traverse et les impasses. Avis aux poètes et romanciers de l'avenir.

Quant à dire ce que devrait être la littérature du xxe siècle, qui ne comprend l'inanité d'un pareil exercice? Alors que le critique ou l'historien littéraire est impuissant à dégager la philosophie générale de la période de Louis XIII que je mentionnais plus haut; quand on ne peut tenter un examen esthétique définitif du siècle qui vient de s'écouler, comment saurait-on, sans emphase et sans puérilité, porter sur l'avenir un de ces jugements à grands fracas, chers à la critique contemporaine, et ne reposant, d'ailleurs, est-il besoin de le dire? que sur des probabilités d'horoscope littéraire?

★

J'augure mal, pourtant, de la suppression du latin et du grec dans l'étude des Belles-Lettres. Cette suppression aura, je le crains, pour conséquence, un important abaissement de niveau au-dessous de l'étiage intellectuel de la nation. Nos qualités de sens, de goût, de tact et de discernement, la langue française et les idées elles-mêmes ne pourront que pâtir de l'extinction de ces sources fécondes, pures et j'ose dire, patriales. Nous ne devons pas oublier que les études grecques et latines nous valurent une littérature qui, en matière de critique, d'érudition, de recherches historiques, d'exégèse et de pure pensée, tint le premier rang dans le monde des esprits. Et je me demande avec angoisse si les années à venir apporteront à notre pays un capital de célébrité, un stock d'ouvrages de mérite pareils à ceux des périodes d'hier, où les grandes œuvres pullulaient et où les noms glorieux s'énumé-raient avec difficulté tant leur nombre était important.

Fernand Clerget. — Vos trois questions m'ont produit l'effet d'une énigme du Sphinx. Ceux qui firent des tentatives littéraires depuis quinze ou vingt ans, et qui ont reçu votre circulaire, ont dû penser que vous les invitiez à leur propre enterrement. Permettez : j'étrennai ma plume avec eux. Alors, je me serais volontiers, tel Œdipe, insurgé devant votre proposition : mais la jeunesse n'a qu'un temps. Que les beaux jours sont courts ! Discutons paisiblement, le calme et la prudence sont des devoirs de l'âge mûr.

Quiconque se sent une sève poétique pressée de s'épanouir en feuillages et en fleurs sera tenté de vous dire : Oui, notre temps est propice à une floraison littéraire, — car le vrai littérateur croit que son geste sera remarqué, sinon admiré, et que des enthousiastes le suivront ; mais ceux qui ont donné tout leur effort, découragés, vous répondront le « Vanité ! » de l'Ecclésiaste, ou ne vous répondront rien du tout. Parler d'une renaissance des lettres d'après soi-même est donc aisé : il s'agit d'avoir ou de n'avoir pas la passion littéraire. Autrement difficile serait de vous satisfaire d'après l'examen de notre temps. Il me semble que nous sommes à un tournant d'histoire, si près de tourner, que le passage est devenu fin comme un cheveu ; où en serons-nous ce soir, dans cinq minutes peut-être ? Si je le savais, je saurais aussi vous répondre. Le peuple, qui seul en France n'a pas encore produit son siècle, peut être émasculé par d'habiles maîtres, ou jeté dans la démagogie par de faux amis !

et alors adieu la vive poésie, la prose superbe, le théâtre poignant, la saine critique; les lettres pourront se couvrir de couronnes mortuaires. Au contraire, si ce peuple sort triomphant de l'épreuve, nous ferons ou verrons sans doute jaillir de lui une floraison littéraire qui pourra atteindre les sommets des époques philosophiques ou religieuses.

Je vous disais que mon apprentissage des lettres s'est fait au milieu des tentatives des quinze ou vingt dernières années. J'ai traversé tous les essais dont la presse et les périodiques vibraient encore hier; j'ai connu toutes ces écoles, il n'en est pas une qui n'ait pu me compter parmi ses adhérents sincères, j'ai fait partie de toutes, souvent de très près, quelquefois de loin, les plus mornes aussi bien que les plus échevelées, toujours loyalement, et je ne m'en repens pas; mais je ne suis resté dans aucune, et je m'en félicite. Aujourd'hui, je regarde le chemin parcouru et ne veux pas y remarquer les désordres et les puérilités; oui, toutes ces tentatives furent bonnes, pour ceux qui évitèrent leurs abus, ou qui surent de sources parfois minuscules faire ruisseler de beaux fleuves. Des harmonies nouvelles donnèrent au rythme le souple, le gracieux; les mots, voulus plus exacts, firent du vers et de la phrase de fins et forts objets soigneusement façonnés; la nuance permit de tout dire, même les plus intimes pensées, et la lumière permit de tout comprendre, même les plus célestes visions. Voilà pour la forme. Or, il s'est formé, sous tous ces efforts dont on ne voyait que les débats grammaticaux, et souvent les plus extravagants, des rêves nouveaux dont la révélation commence à prouver que les tentatives d'hier ont aidé à cette éclosion poétique: n'y eussent-elles aidé, comme certaines, qu'à la façon des écueils qui suscitent l'habileté des pilotes, ou des vipères et des loups qui enseignent la prudence aux voyageurs, que ce serait encore quelque chose.

Pour la littérature, au XX° siècle... il me serait plus commode de vous dire ce qu'elle sera pendant mille ou deux mille ans. Aux premiers âges, les forêts étaient belles, les fleurs émaillaient la terre, les eaux bondissaient libres, l'amour et la bataille gonflaient les cœurs, et l'on chantait tout cela; puis, des coulées de races, des fracas d'armées, des héros et des dieux furent célébrés; enfin, Celui qui n'aura jamais son semblable sur la terre, parut, et les poëtes nous dirent les paradis lyriques et les dramatiques enfers. Maintenant, l'humanité commence à vieillir; la femme veut s'émanciper, le peuple dirait-on voit clair, on parle même de paix universelle: n'est-ce pas tout cela qui va fleurir pendant mille ans et plus?... Mais je vous entends: Demain, aujourd'hui, quelle va être la littérature? — La réponse est ardue. Vais-je la chercher dans ce qui se passe autour de nous? Jamais on n'a vu de gens ayant si peu de valeur et tant d'orgueil; le moindre poétaillon se met près des plus grands génies littéraires, le plus banal des romanciers se croit l'émule des plus célèbres auteurs d'épopées, le plus inepte des financiers ou des secrétaires de rédaction ou de théâtre rivalise avec Néron dans l'assassinat des bons esprits. Et l'argent fait le littérateur; l'argent d'abord, les relations ensuite, le cynisme féroce au besoin. Est-ce cette heure-là que vous demandez? C'est celle qui sonne autour de nous; elle nous dit peu ce que doit être la littérature, mais seulement ce que pourraient devenir les littérateurs. — Alors, diront quelques-uns, n'écrivons que pour nous seuls. C'est l'art pour l'art: objet joli, beau parfois, mais inutile; plaisir des yeux et de l'oreille: c'est quelque chose en ce monde où nous ne faisons que passer et où il est urgent de cueillir quelques joies; mais un objet aussi joli, aussi beau, et en même temps utile, ne vaudrait-il pas mieux? Voici une gracieuse femme, dans une cage bien dorée; on la voit, l'entend, on peut la toucher à travers les barreaux: elle est l'art pour l'art. Mais la même femme, aussi gracieuse, vivant parmi nous, libre, n'est-elle pas préférable? La littérature, c'est entendu, n'a qu'un principe: la beauté; or, habillez ce principe, avec art, sans l'alourdir ni le déformer, de ces sentiments que l'on nomme le bien et le juste, cessera-t-il d'être beau? Les grands ou vrais littérateurs regardèrent toujours autour d'eux, en même temps qu'en eux, et ils songèrent à guider les âmes et à former les cœurs, tout en charmant les esprits; leur écriture fut, sans que cela vînt en sous-titre, éducative et sociale. Faisons comme eux; ne mettons pas le sous-titre s'il gêne notre autonomie littéraire, mais qu'il ne cesse pas de nous fortifier, de nous éclairer. Voilà deux éléments dont notre temps est tout vibrant : souhaitons qu'ils viennent à la littérature, *ou plutôt qu'ils y reviennent,* et ce sera l'étape des lettrés du xxᵉ siècle. Pourtant, la littérature, ne l'oublions pas, peut être éducative et sociale, mais doit avant tout être... littéraire.

QUELQUES RÉFLEXIONS

Des littérateurs qui se préoccupent plus de leur art que de leurs confrères, voilà ce qui n'existait plus depuis longtemps. Cette merveille était encore possible : la lecture des réponses précédentes en fournit la preuve. Dans l'enquête de Jules Huret, il y eut 448 noms cités, et ils le furent 1709 fois ; dans le congrès de Georges Docquois, les noms cités le furent 576 fois. Ici, nous n'en rencontrons que 97 fois, et encore, plus du tiers (36 sur 97) sont cités par le seul Émile Lante. Je n'affirme pas que l'abondance des noms cache la pauvreté des œuvres ; les deux enquêtes de mes prédécesseurs se firent dans un moment d'anarchie littéraire : impossible en un tel chaos de suivre quelque grande pensée ; les personnalités, même fugitives, y retiennent principalement l'attention. Mais ce qui reste établi, c'est qu'en 1902, les littérateurs s'occupent moins des individus qu'en 1891 et 1894; ils parlent davantage des idées. C'est un progrès.

Les réponses que j'ai obtenues sont variées; quelquefois leur sens précis est exprimé par des généralités; mais c'est toujours clair, et le résumé en est facile.

Émile Blémont, Jules Mazé, André Girodie, Jean-René Aubert, Charles Le Goffic, Madeleine Lépine, Louis de Saint-Jacques, Henry de Braisne, Ernest Delahaye, Émile Lante, Albert Thomas, Jeanne France, Pierre de Bouchaud, sont en somme d'avis que notre temps est propice à une nouvelle floraison littéraire. — Paul Gourmand et Fernand Clerget répondent: Oui et non. — Auguste Barrau (avec une réserve), Alexandre Boutique, disent: Non. — Alphonse Ponroy, le vicomte de Colleville, Gustave Hays, s'abstiennent.

Les tentatives faites depuis quinze ou vingt ans ont suscité des jugements qui perdraient de leur saveur si je les inscrivais par fragments près de chaque nom. En groupant les appréciations, le résultat est si étonnant, que tout autre procédé de compte-rendu serait naïf. Voyez plutôt le bloc signé par Jules Mazé, Auguste Barrau, André Girodie, Alexandre Boutique, Charles Le Goffic, Alphonse Ponroy, Émile Lante, Albert Thomas, Gustave Hays, Pierre de Bouchaud: «Je ne crois pas (que ces tentatives puissent servir). Produits de serres surchauffées. Mise en scène des personnalités. Beaucoup de vide. Anarchie, chaos. Horreur des écoles.

Bourbier de pornographies. Fétichisme, obscurité, faiblesse. Fange du ruisseau, vicieux, ivrognes, précieux, grimaciers. Individualisme. » — Émile Blémont, Jean-René Aubert, Louis de Saint-Jacques, Henry de Braisne, Ernest Delahaye, Paul Gourmand, Jeanne France, Fernand Clerget, répondent au contraire : « Oui. Questions de formes, indications expérimentales. Verbe affranchi, quelques réformes bonnes. Bien choisir. Forme affinée, précisée, et rêves nouveaux. » — Madeleine Lépine et le vicomte de Colleville ne précisent rien, mais ce qu'ils disent est plutôt une condamnation. — Tout cela dépend sans doute du côté par où l'on examine la période d'hier ; n'importe, le bloc de « l'horreur » reste lourd.

La littérature du xxe siècle : c'était la question délicate. Y répondre nettement, c'est se donner un air de prophète auquel répugne tout esprit réfléchi, ou rendu prudent par l'expérience, et je craignais là un échec. Eh bien ! je me félicite d'avoir eu confiance en la "sage hardiesse" de mes correspondants. Jules Mazé, Charles Le Goffic et Pierre de Bouchaud, seuls se sont abstenus, pour des motifs excellents. Pour des motifs non moins excellents, Émile Blémont, Auguste Barrau, André Girodie, Alexandre Boutique, Jean-René Aubert, Madeleine Lépine, Louis de Saint-Jacques, Alphonse Ponroy, Ernest Delahaye, le vicomte de Colleville, Henry de Braisne, Paul Gourmand, Émile Lante, Albert Thomas, Gustave Hays, Jeanne France, Fernand Clerget, souhaitent que la littérature, dût-elle être éclectique (de Colleville) ou fleurir en roses, orchidées, et même en pissenlits (de Saint-Jacques), soit: « Libre, vivante, active, brillante, humaine, vraie, artistique, scientifique, fidèle aux lois souveraines du style et de la composition, religieuse, éducative, sociale... et littéraire. » — Tout y est. Peut-on m'indiquer un dictionnaire, un Tableau littéraire quelconque, où je découvrirais une définition plus parfaite de la Littérature? A ces souhaits, j'en ajoute un: c'est de nous en tenir à cet ensemble de qualités, que d'ailleurs on retrouverait dans les bons écrivains d'autrefois, et qui peuvent suffire à renouveler les Lettres.

Deux réponses seulement indiquent des groupements spéciaux. Auguste Barrau accepterait: un "naturisme" débarrassé de toutes les réminiscences du passé mythologique; il ne s'agit pas par conséquent de l'école naturiste, mais plutôt, Barrau le dit, d'une littérature « de vie, de pensée, d'action »: toutes choses qui furent du domaine littéraire bien des siècles avant la naissance de l'école sus-dite, et qui en seront bien des siècles après. — Émile Lante présente l'"école française"; or, il y en eut une autre, en 1890, inspirée par Charles Morice: les gens sur lesquels il comptait s'esquivèrent, Morice resta seul; pourtant il n'a pas dit encore qu'il renonçait; ainsi, non seulement l'école française de M. Boschot vient onze ans après l'autre, mais encore nous voilà avec deux "école française" sur les bras: laquelle est la bonne?

Je remercie les confrères qui ont eu l'amabilité de me répondre, mais ne leur dis pas adieu. Si mon enquête devait être passagère comme celles qui l'ont précédée, je ne l'aurais pas faite. Elle ne sera logique et fructueuse que par les sanctions qui lui seront données. La campagne littéraire est de nouveau ouverte. Aura-t-elle ses beaux efforts de renaissance, ses passions du *Cid*, ses travaux encyclopédiques, ses clameurs d'*Hernani?* Je ne sais. Les œuvres nous l'apprendront.

Paris, 14 mai 1902.

Henri-MARSAC

 TABLE

Impr. de la France scolaire, Gourmand et Clerget, 13, Bd Montparnasse, Paris

www.ingramcontent.com/pod-product-compliance
Lightning Source LLC
Chambersburg PA
CBHW061621060726
47597CB00005B/1741